청춘의
씨앗

20대 그 나이에 느끼고 생각했던 것, 그리고 겪었던 일들이다. 그걸 두고 나는 짐짓 망설이며
얼마간 뜸을 들여야 했다. 값을 지닌 얘깃거리일까 ……

청춘의 씨앗

이경호 시집

KSI 한국학술정보㈜

청춘의 씨앗

추운겨울 찬 서리 맞으며 조그만 뜨락에 뿌리내려 혹한의 시련을 겪고 희망의 새싹을 틔우기 위해 뜨거운 열정으로 뿌리내린 작은 알맹이 훈훈한 봄바람에 살며시 눈을 뜨고 바라본 세상 찬란한 희망의 빛을 맞이하며 보이지 않은 미래의 무성한 푸른 잎으로 자라 알찬 열매를 맺으리.... 오고 가는 세월 속에 청춘의 씨앗이 되어 자연의 진리, 친구, 삶 사랑과 아름다운 세상을 노래하리라. 마음으로 보고 가슴으로 느끼는 그런 삶의 씨앗이 되자.

차 례

8부__날개 잃은 새

9부__일상에서 (수 필)

1부 _ 삶의 의미와 희망

삶의 씨앗

동장군의 기세 속에 가슴을 웅크리며
온몸을 세찬 칼바람에 부딪쳐 싸우는 것은
다가오는 새봄을 기다리기 위함이요.

아지랑이 피어오름에 춘곤을 견디고
꽃샘추위를 견디며 새싹을 틔우는 것은
무성한 자태를 키우기 위함이요.

모진 비바람과 폭풍우에
꺾기우지 않고 뽑히지 아니함은
예쁜 꽃을 피워 열매를 맺기 위함이라.

온갖 벌레와 벌들에게
괴롭힘을 당하여도 기쁜 것은
알찬 열매를 맺기 위함이다.

일생을 바쳐 맺어낸
눈물의 씨앗을 떠나보내는 것은
또다시 맺어질 인생의 굴레를 위함이니.

흘러가는 세월 속에 시들어져
떠나가는 친구들을 보내야함은
다시 만날 기약의 눈물이라.

세월이 흘러 푸름이 퇴색하여 청춘이 썩어 가면
물과 함께 흘러 옥토가 되어
씨앗의 밑거름이 되리.

우리의 인생은 하나의 작은 씨앗일 뿐
지속은 아니니
부귀와 영화는 일순간의 영위 일뿐이지
영원은 아니니라……

촛불의 희망

저 서쪽 하늘에 노을이 지고
어둠이 밀려오면
너의 작은 방에 촛불 하나 밝히소서.

촛불 하나 작은 미약함일지라도
어려워 마소.

그 불빛 밝히며 행복의 길을 찾아
길을 떠나소서.

어두운 밤길 돌부리에 걸려
넘어지고 쓰러져도
원망마소서.

그 어두운 새벽 지나면
밝은 태양이 그대를 기다릴 것이다.

산이 전해주는 말

저 높은 산은 내게 말을 한다.
저 높은 산을 오르라고

저 높은 산엔 꿈이 있다고
저 높은 산엔 행복이 너를 기다린다고

산허리에 올라 아래를 내려다보니
저 아래엔 또다시 허망 된 꿈을 찾아 헤매는
길 잃은 인생들이 하루에 해를 먹고 살아간다.

바람은 내게 말을 한다.
저 높은 산이 쉬어 가라고.

깊이 매인 옷고름을 풀고 한 잔의 물을 마시며
삶의 뒤 언저리를 돌아보며
바람에게 몸을 기대고서

한잔의 곡차와 친구와 밤이 다가도록
삶의 의미와 생을 논하며
그렇게 쉬어가라고.

이슬내린 새벽길에 또다시 저 높은 산을 향해
길을 떠나는 나그네.
오늘은 바람과 구름이 친구 되어 떠나네.

어제저녁 뒷마을 토끼가 아들 낳은 얘기와
앞마을 부엉이 처녀가 시집을 갔다는
얘기들을 들으며

어느덧 정상에 올라오니 그 높던 산은 간데없고
저위에 푸른 하늘만이 나를 반기네.

구름친구도 떠나고 바람 친구도 떠나고
혼자 외로이 아래를 내려다보니

오르기 위해 산은 거기에 있고 내려가기 위해
산은 거기에 있다.
산은 말을 한다.

삶을 너무 오르려고도 하지 말며
내려가려 하지도 말라고…….

비의 노래

저 하늘에서 검은 구름이 눈물을 흘린다.
무슨 설움이 북받쳐 그렇게 눈물을 흘릴까?

사랑하는 하얀 구름이 떠나갔나.
아님 매일 속삭이며 친구였던 해님과 이별했나.

하염없이 쏟아지는 눈물이 비가 되어
초가 지붕위에 떨어지네.
초가지붕위에 떨어진 빗방울 모여
처마 끝에 낙숫물이 되어
떨어지면 엄마 품에 안겨 젖을 먹던
아기 자장가 되어 꿈속으로 사라지네.

논가에 개구리가 엄마 무덤 떠내려 갈까봐
저리도 울어 되고
강가에 매어놓은 암소 동생 손에 이끌려
집으로 발길 재촉하네.

처마 끝에 둥지 튼 제비들 무엇이 즐거운지
이리저리 칼춤 추며 날아다니고
강가에 피라미들 은빛자태 뽐내며 하늘위로
날아오르네.

사랑방에 우리 아버지 담배 한 대 태우시고
까만 고무신에 바지가랑이 둥둥 걷어 올리고
한손에 삽자루 어께에 메고
재 너머 논에 논물 보러 떠나네.

어느새 비가 그치고 저 멀리 앞산 꼭대기에
일곱 색깔 무지개가
찬란한 빛을 발하며 행운을 주려하네.

사라져간 별

초여름 밤하늘에 총총 이 빛나는 별들을
하염없이 바라본다.
어릴 적 시골밤하늘 쑥 향기 모깃불 피워 놓고 친구와
도란도란 얘기하며

무수히 반짝이는 별을 헤이다
혼자 외로이 떠있는 초롱초롱 빛나는 별을 찾아 저별은
나의별. 친구는 또 하나의 별을 찾아
너의 별이라고…….

매일 저녁이면 강가에 서 멱을 감고 누워서
나의별, 너의 별을 찾아
미래를 약속하며 미래의 꿈을
별의 목에다 걸어 놓았지.

우리는 그 꿈을 향해 한걸음, 한걸음
내디딜 때 꿈의 별은 더욱 빛났었고
언제나 그 자리에서 우리를 지켜 주었지.

삶이 무척 지치고 외로울 때도 언제나 함께였지.
그 꿈은 크지도 않고 조그만 행복만이 느껴질 수 있는
그런 꿈이었고
그 조그만 행복의 꿈이 이루어지려고 하는 날.

우리는 저 하늘을 바라보며 별을 찾았지.
그러나 나의 별은 빛나는데 친구의 별은
서서히 빛을 읽어가고 있었다.

친구는 빛을 살리려고
이리저리 헤매고 애원했지만
달이 일식을 하듯 악마의 벌레는
친구를 갉아먹기 시작했다.

꿈을 읽은 고통과 좌절감에
친구와 나는 술로 괴로움을 달래며 울부짖었다.
사라져가는 저별을 바라보며
흐르는 눈물을 닦으며 소리치고 훑어봐도
매일매일 사려져가는 별빛일 뿐 빛나지 않았다.

달이 뜨고 별이 지고
세월의 흐름 속에 타고난 운명을
한탄하며 서서히 읽어가는 별빛은
반쪽이 되어 버렸지만

그러나 친구는 반쪽의 삶조차도 행복해하며
저 검은 하늘 귀퉁이에서 반쪽의 빛을 빛내며
오늘도 반짝이고 있다.
그 반쪽별은 저 둥근 달 보다
더 빛나게 나의 가슴에 있다.

오늘도 나는 그별을 쳐다보며 끝없이 대화를 한다....

거리에 걸뱅이

그렇게 내달리던 뜨거운 태양이 노을이라는
여운을 남기고 사라지면
거리에 서서히 조그만 어둠이 깔리고

하나둘 주막집 주마등이 켜지면
허기짐의 창자를 유혹 하는 냄새들이
개 코를 자극한다.

여기 저기 삶에 웅어리진 나그네들
기웃 기웃 모여들고
한손에는 지팡이를 한손에는 쪽박을 들고
오늘도 한모금의 곡차를 얻기 위해 거지가 된다.

한잔의 곡차에 고독과 외로움을.
또 한잔의 곡차에 힘겨워 하는
세상을 타서 마신다.

그렇게 흘러가는 시간 속에, 몸속에서
살아 펄떡이던
세포들도 취해가면 그 순간만은 나에게 내려진 고달픔
의 굴레를 망각한다.

저 멀리 들려오는 사당패들의
가락 소리에 이끌려

거리를 이리저리 휩쓸며 덩실덩실
한 순배의 춤을 추고 나면

새벽을 알리는 장 닭소리에 정신을 가다듬고
이리저리 내버려진 인생의 쓰레기들을
뒤로 한 채

바람이 휩쓸고 간 거리를 따라 나그네는 인생의
거지가 되어 길을 떠난다.
아무 말 없이…….

조각구름

둘레가 싫어 조각구름이 되었나.
한곳에 머물기 싫어 떠도느냐.

친구가 없어 혼자던가.
대지가 싫어 하늘이더냐.

정처 없이 떠돌다가
발길 머무는 곳이 잠자리더냐.
위에서 내려다보는 세상은 어떠하더냐.

삶이 힘겨워 울부짖는
중생의 목탁소리가 들리느냐.
행복해 웃음 짓는 환한 웃음을 보았느냐.

이리 저리 떠돌다가 힘이 들면
저 높은 산꼭대기에 살포시 내려앉아
곡차나 한잔하며 세상사는 이야길랑
조금이나마 풀어놓고 떠나게나.

무제

네가 가지 것이 무엇이냐.
내가 가진 것이 무엇이더냐.
떠나올 때 무엇을 가졌더냐.

세상사 사는 것이 밥한 그릇
물 한모금만 있으면 될 것을

왜 그리도 욕심이더냐.
늙으면 사라질 인생.

빈손으로 왔다가 빈손으로 사라질 인생.
살아생전 자비로서 베풀고
이생에 다녀감을 이름 석자나 남기고 가세.

노숙자

일그러진 얼굴 찢어진 상처
초췌해진 모습 뒤로 따라다니는 어두운 그림자.

깨어진 질그릇을 목에 걸고
자존심을 잃어버린 새까만 손으로 허공을 가르며
빌어대는 한 톨의 쌀.

한 평 남짓 공간에 신문을 펼치고
푸르디푸른 독주를 벌어진 목구멍으로
부어대면 화려했던 날들의 추억들이
꾸역꾸역 목구멍을 타고 굶주림에 찬
창자를 지나 어둠 속으로 떨어져간다.

붉은 선혈처럼 타올랐던 희망과 용기 행복을
종이 장 구기듯 구겨서 시궁창에 처박아 버리고
하루의 뗏거리에 목말라 뒹구는 시신들.

음매 하고 울어대는 어린염소들의
울부짖는 소리가
귓전에 맴돌며 더욱더 타들어가는 情의 몸부림.
야위어가는 몸 망각해져가는 하루의 인생 속에
태양은 오늘하루도 그곳을 지나
붉게 물든 노을 속으로 사려져간다.

희망

가슴 저려오는 어두운 밤길 혼자서 길을 걸어라.
누군가 다가오는 발소리에 귀를 기울이고
하늘의 별을 보고 노래하라.

괴로워 울부짖는 늑대의 울음소리를 들어라.
하얗게 부서지는 달빛의 그림자를 쫓아 뛰어라.

그리고 새벽이 오는 것을 느껴라.
다가오는 여명의 눈동자의 희망을 품어라.

바다처럼 넓은 가슴을 안고
폭풍처럼 밀려오는 거대함 힘을 안고
붉게 타오르는 저 태양에게 온몸을 내던져라.
이 세상에 빛나는 그날까지…….

삶

바람이 이누나.
험한 세상이 폭풍우를 일으켜 불어오누나.
고개 숙인 노을빛에 사라져가는 높은 산들.

맑은 술 한 잔 속에 아픔의 피를 타서 마신다.
응어리진 가슴 속으로 쏟아지는 붉은 타액이
울분으로 토해지고

굶주림으로 채워졌던 세상의 욕심들이
똥이 되어 사라진다.

어둠이 깔린 하늘에다 쓰디쓴 술 한 잔을 권하며
오늘도 흥얼거려보는
아기별들의 자장가를 불러본다.

우리는

우리는 이른 새벽에 일어나 상쾌하게
불어오는 새벽안개를 가슴으로 안으며
살아 있음을 노래하자.

우리는 저 넓고 푸른 바다를 바라보고
부서지는 파도와 높이 나는 갈매기의
힘찬 울부짖음을 들으며 하루를 사랑하자.

우리는 조용한 시골집 북녘하늘의
까만 어둠 속에서 빛나는 별을 보며
하얗게 부서지는 달빛을 보며

별 헤는 밤을 밤이 새도록 노래하자.
그리고 삶을 사랑하자.

물안개

살며시 푸른 호수 위를
하얗게 피어오르는
너는 누구야?

무슨 비밀이 있길래
푸른빛을 감추려고 하느뇨.
너의 겉이 희다고
속조차 희더냐.

저 높은 세상 가기 위해
다가져 가려 하지 말고
덜고 또 덜어 가볍게 가려무나.

2부 _ 우정과 사랑과 친구

동창회

나날이 퇴색되어가는 세월 속에 싸늘해져가는
세월의 깊이 가늠할 수 없는 순간들의 적막함.
어디론가 가야만하는 슬픈 마음속에 자리 잡은 하나의
그리운 그것은 친구였다.
무엇인가에 부딪쳐 괴로울 때
우리는 누굴 생각할까?
문득 떠오르는 그리운 얼굴들.

우리는 작은 가슴으로 만났고
작은 작은 몸짓으로 살아온 지난날.
털끝 하나 없는 알몸으로 부딪치며
저 하늘에 별을 바라보며
별 헤는 밤을 같이 했던
너와나 우리.

시들어져가는 꽃 입속에 눈물을 흘리며
먼 미래를 약속했던 사랑하는 내 친구들.
시간이 흘러갔구나.
세월이 변했구나.

그리움에 지쳐갈 때
어디선가 들려오는 해후의 종소리
그것은 달빛이 사라진 까만 어두운 밤에
환하게 비추는 하나의 등불 이었다.

그 등불 아래로 모여드는 불나방.
오직 그 등불 아래서
우리는 그리움에 정을 나누고

긴 세월 속에 묻혀져 버릴 듯한
우정과 사랑을 나누었다.
고난의 삶과 고통의 아픔들을 뒤로 한 채
처음 태어나고 자랐던

내 고향 강가로 돌아가 어린 아이처럼
나이도 잊은 채 유유히 흐르는 강물을 바라보며 까만
어두운 밤을 그리움의 정으로 물들이며
한밤이 다 새도록 노래했다.

그것은 너와 나의 버릴 수 없는 사랑 이었다.

친구

그리움이 더해 아픔으로 느껴질 때
우리는 만나리.
앞 강변 강가에 멱을 감고 봄이 되면
온 산천을 뛰놀며
하얀 조약돌에 희망을 걸고
미래를 다짐했던 내조그만 친구여.

하나의 배고픔으로 서로를 의지하며
하나의 아픔으로 둘이 울었고
하나의 기쁨으로 둘이 웃었던
내 어린 날의 친구여.

비가 오는 날은 비를 맞고
눈이 오는 날은 눈을 맞으며
고개고개 넘어 비탈길을 돌아 학교 길에
모질게 몰아치는 칼바람을 피해
양지바른 언덕위에
옹기종기 모여 앉아 까만 고무신.
햇볕에 쬐며 우정을 다짐했던
내 어릴 적 까만 친구여.

세상의 어려움을 뒤로 한 채
모진 고난을 이겨 내며
미래를 꿈꾸어 왔던 친구여.

말없이 흐르는 저 강물처럼
세월은 흘러 어느덧 중년이 되어
우리의 재회는 되었다.

그러나 우리는 아직도 어릴 적 해맑던
그 하나의 친구였다.
그것은 둘도 아닌 하나였다.
그것은 우리였다.

우리가 멱을 감고 뛰놀던 앞 강변의
맑디맑은 강물처럼, 뒷산의 소나무의 푸름처럼
영원히 변하지 않은 우정이었다.

친구여

그리움으로 보고픈 친구여
오늘은 어떻게 지내나?

그리움으로 기다려도 오지 않은 것이 인생일세.
웃음으로 미소 지어도 밝은 세상은 아닐세.

아픔으로 아파해도 기쁨은 오지 않네.
기다리고 기다려도 오지 않은 것이 세상일세.

하지만 그 모든 것을 기다리지 말고
아파하지도 말며
한순간의 희로애락일랑 저버릴세.

자! 그 하나의 인생이란 한잔 술 속에
묻혀지는 것도 아닐세.

그 모든 것을 기다리지도 말고
아파하지도 말고
내마음속에 하나의 다짐으로 살자.

내일, 또 내일도 아닌 미래를
하얀 박꽃이 피어나는 날의 태양을 기다리며

오늘도 긴 하루는 지나가잖아.

미래의 불투명한 세상일랑 지워버리고

자! 그 하나의 행운 아닌 밝은 미래를 위하여
한잔 술에다 건배를 하자.

소나기

검게 물든 구름 사이로
빗물은 바람을 타고 쏟아진다.

세상의 찌든 먼지로 뒤덮여진 나무위로
빗물을 욕을 하며 떨어진다.

너의 더러움에 나의 모습이 더렵혀진다고
욕심에 가득 찬 먼지를 털어낸들
맑아지지 않는다고

나도 저 빗속으로 달려가고 싶다.
위선으로 가득 찬 나의 뇌를 씻고 싶다.

겉치레로 감싸 안은 내육 체를 씻고 싶다.
아부 심과 출세에 가득 찬 내 자신을
말끔히 씻어 내리고 싶다.

진정한 아름다움을 볼 줄 모르고
탐욕에 눈이 멀어버린 내 눈을 닦고 싶다.

거짓말과 허영으로 토해내는
나의 입을 씻고 싶다.

내 영혼! 내 육체가 다시 태어날 때까지
그렇게 하염없이 빗속을 달리고 싶다.

외로움

고요와 적막함 만이 방안가득 차고
고독과 쓸쓸함이 짙게 베어나는 조그만 방안에

말벗 없는 귀뚜라미 친구 찾아 사랑 찾아
저리도 울어 데는데

홀로 지새운 어둔 밤이 어제 오늘이
하루 이틀 이더냐!

창문가에 찾아든 하얀 빛이 반가워
창문열고 내다보니

오호라 친구로세!
저 하늘에 금빛 달이 검은 구름 헤치고서
나를 반기네!

행복

우리는 오색을 물들이는 가을의
아름다움을 볼 수 있는 눈을 가졌기에 행복하다.

우리는 아름다운 언어로 말할 수 있고
아름답게 노래할 수 있는 입을 가졌기에
행복하다.

우리는 저 높고 푸른 산에 올라
발아래의 세상을 느낄 수 있는
튼튼한 다리를 가졌기에 행복하다.

우리는 마음이 괴롭고 우울할 때
조용하고 감미로운 음악을 들을 수 있는
귀를 가졌기에 행복하다.

우리는 자유롭게 만 질수 있고
무엇이든 만들 수 있는 손을 가졌기에 행복하다.

우리는 시를 읽고 쓸 수 있는 마음을 가졌기에 더더욱
행복하다.

자유

나를 구속하는 모든 족쇄의 문을 열고
한 마리 갈매기가 되어

저 푸른 창공을 한없이 날아오르자.
저 푸른 바다 끝없이 펼쳐진
수평선을 향해 따라가 보자.

저 하늘 하얀 구름 위에 타고
세상 끝까지.

동그라미

추적추적 내리는 빗길을 따라
때굴때굴 동그라미 길 떠나네.

험한 세상 시궁창에 빠져
옆으로 굴러 쓰러지고

썩어가는 고목 부여잡고
간신히 일어나 내달리니

으스름달밤에 신작로가 보이네.
그 길을 달려 하늘에 닿았네.

욕망

행복을 가지려 술잔에다
행복의 샘물을 부어 마신다.
오지 않는 시간과 미래가 술잔에서 너울거린다.

채워지지 않는 욕구가 가득한
붉은빛 독주를 굶주림에 찬 목구멍으로 넘기면
이글거리던 욕망들이 춤을 춘다.

충혈 된 붉은 눈빛은
허망이 가득한 허공을 맴돌고
그리움에 몸부림치는
하나의 몸짓들이 비틀거리며
휩쓸고 간 거리에는 욕망들이 버리고 간
공허함만이 거리를 배회한다.

거울

거울 속에 비쳐본 내 그림자.

허영으로 탈색한 낯선 그림자가 서있구나.
너는 누구더냐?

욕심으로 부은 얼굴을 가진 괴물이구나.
너는 누구냐?

얄팍한 상술로서 뱀의 혀를 날름거리며
웅크리고 앉은
너는 누구냐?

어릴 적 순백색의 마음을 가진 너는 어디 가고
병든 세상의 삶에 찌든
너는 누구냐?

침묵

비둘기의 서신이 전해온다.
짧은 비명 감추지 못할 두려움.

어디로 가야하나 먼 하늘 어둠이 깃든다.
어둠 사이로 북두칠성이 보인다.

저기가 내 집이다.
이상의 나래를 펴고 날아야한다.

전하지 못한 내 마음의 편지를
기다림에 지쳐 눈물 흘리는 임에게
나는 가야한다.

아무도 대신 날라 주지 않는다.

홀로 저 길고 먼 하늘을 날아
달이 뜨는 저 골짜기로 날아 가야한다
내 마음의 구름이 있는 곳으로 끝없이.

3부 _ 삶이 넘실대는 바다

바다

한없는 그리움과 외로움이 밀려오면
나 그대 품안에 잠들고 싶다.

더없는 포근함과 넓은 가슴으로
나의 지친 육체를 따뜻이 안아주오.

나의 공허한 마음이 가슴 가득 차오를 때
그대의 작은 파도소리로 연주를 해주오.

저 작은 돛단배는 지휘자가 되고
저 높이 나는 갈매기는 성악가가 되어

내깊은 마음속 까지 스며들도록
아름다운 음악을 들여 주오.

내 기쁨 가득할 때 그대 내게 물어주오.
더 큰 파도소리로 소리내어주오.

이 세상 울러 퍼지도록 목청껏 외쳐주오.
삶은 행복하다고

내 부모 친구 내 곁을 떠나 슬플 때
그대 나와 같이 울어주오.

거세게 비를 내려주오.
내 슬픔 한없이 씻어 내리게.

바다 2

하늘과 수평선이 만나는 곳엔
기나긴 기다림의 끝이 있다.
그곳엔 바람이 전해주는 희망의 소식이 기다린다.

멀리서 달려오는 봄의 소리가 들린다.
아롱아롱 일어나서 기지개를 켜는
아지랑이 소리가 들린다.

이 세상 모든 이의 슬픔이 전해지고
이 세상 모든 이의 기쁨이 전해온다.

조개의 속삭임과 갈매기의
노래 소리도 들려온다.
괴로워 울부짖는 고함소리도
기뻐서 웃음 짓는 소리도

연인들의 속삭이는 사랑 얘기도
엄마 품에 안겨 쌔근쌔근 잠든 애기의 숨소리도

저 바다는 넓고 큰 가슴과
끝도 없이 깊은 마음으로
이 세상 모든 것을 품고
찬란한 새 역사를 창조한다.

바다 3

어제는 하얀 물보라 휘날리며 울부짖던 파도가 조용히
잠에 취해
단꿈을 꾸고 있구나.

통통거리며 내달리던 고깃배 허리춤에 매어두고
새하얀 은빛 해변을 베개 삼아 하늘을 이불삼아 단잠을
자는구나.

잠결에 들려오는 세상사의 이야기들이
나지막이 들려온다.
세상을 밝히는 저 태양이
일어나라고 손짓 하는데

오늘 저 바다는 피곤한가보다.
저 물밑 바다에 물고기들의
울부짖는 소리가 들려오는데

그 울부짖음 뒤로 한 채
조용히 눈을 감고 잠이 들었구나.
세상의 설움과 원망을 접어두고
오늘만은 잠들고 싶구나.

바다의 기쁨

바다는 태양을 잉태하고 새벽을 연다.
자욱이 가려진 물안개 속에서 비릿한 갯내음을
날리며 아직도 졸고 있는 갯바위의 등짝을
후려갈기며 아침을 깨운다.

일찍 일어난 저 갈매기 저 태양을 잡으려
높이, 더 높이 날아오른다.
대롱대롱 눈가에 눈곱을 매달고
뱃머리에 하얀 깃발을 달고
통통거리며 달리는 배를 타고
긴 꼬리를 내지르며
바다한가운데를 내 달린다.

욕심

강태공은 고래를 잡으려
갯바위에 앉아 낚싯대를 드리우고

갯바위는 머리위에 앉은 강태공이 무거워.
낑낑대며 고래를 유혹한다.

바다는 갯바위를 삼키려
파도를 내 보낸다.

태양은 모든 것을 가지려
강태공의 그림자를 지우려 한다.

갯바위 사랑

나 그대 보고파 여기에 있소.
나 그대 부름에 달려와 여기 있소.

아무리 거친 파도가 나를 할퀴어도
나 그대 위해 여기에 있소.

저 푸른 산이 유혹하고 갈매기가 유혹해도
나 그대 바라보고 여기에 있소.

수많은 세월이 흘러 내 몸이 파도에 깎기 우고
비바람이 몰아쳐 내 모습이 변해도

그대 향한 마음만은 여기에 있소.

어부의 하루

수평선의 끝을 잡아 고깃배의 꽁무니에 꿰고
여명의 동공을 뱃머리에 달고 바람결에
마주치는 가슴을 여미며 찢어진 그물을 드리운다.

메말라 버린 바다에 고기들은 산으로 도망가고
찢어진 그물 속에 고래가
늘어진 하품을 하며 유유히 사라진다.

이글거리는 태양아래 파도는 춤을 추고
새끼 갈매기의 찢어지는 고통소리가
창공을 날아오르고
어부는 오늘도 빈 수레를 끌고 집으로 향하면
빈 밥그릇을 든 똥개가 마중 나와 반긴다.

바다 4

내 영혼의 안식처 바다.

넓고 넓은 저 푸른 수평선 너머에
내 마음이 편히 쉬어갈 작은 섬이 있다.

잔잔히 일렁이는 파도에 두 팔을 벌려
갯바위를 베게 삼아 누우면

내 작은 영혼들이 하늘하늘 춤추며
갈매기와 함께 저 푸른 하늘을 날아
구름위에 희망을 띄운다.

저 산위에 솔바람이 희망의 구름 배를 저어
행복의 나라로 노를 저어가네.

등대

황홀한 붉은 빛의 노을이 산 너머로 사라지고
어둠에 끝이 내려와 바다의 검은 빛을 물들이면

미쳐 잠자리 찾아들지 못한 갈매기 울음소리만
적막한 밤바다에 메아리치고

서둘러 발길 재촉하는 고깃배들의 부산스러움에
등대는 오늘도 그 자리에서
한손에 등불 하나 밝히 우고

밤바다의 지킴이가 된다.
갈 곳 잃어 방황하는 갈매기들
하나둘씩 찾아들고 길을 잃어 헤매는
고깃배들을 이끌어 보내고

인생의 좌표가 되어 외롭고 험한 밤바다를
오늘도 묵묵히 밝은 세상이 오기만을 기다린다.

일출

어둠을 안고 새벽을 여는 바다.
바다를 가르며 힘차게 달리는 고깃배에 매달려
펄럭이는 깃발이 새벽안개를 헤치며 내 달린다.

새해의 새벽을 알리는 닭 울음소리가 들리고
암탉은 알을 품고
바다는 새벽을 여는 희망을 품었다.

긴 어둠의 바다를 헤치고 서서히 솟아오른다.
금빛 찬란한 태양이 떠오른다.

모든 어려웠던 어둠을 떨쳐버리고 새로운 모습
새로운 희망을 안고

모든 사람들의 꿈과 희망과 소망을 안고
힘차게 새로운 해에 새롭게 태어났다.
붉게 물든 정열을 담고 희망을 안고
희망 이는 태어났다.

비추어라! 어둠의 세상을 밝고 빛나게 비추어라!
온 누리에 희망이 빛나는
금빛 찬란한 세상이 되어라.

빛나라 희망이여 꿈을 잃은 갈매기에게 솟아라.
희망이여 갈 곳 잃은 인생의 나그네에게.

등대 2

세상을 밝히던 태양의 제국이 사라지고
어둠의 적들이 몰려온다.
긴 어둠 속으로 엄습해오는 두려움.
바다가 조용히 숨을 죽이고 말이 없다.

어둠만이 존재하는 바다에 가야할 곳을 찾아
헤매는 아기 갈매기의 울부짖음만이
밤의 정적을 깨뜨리고 날카롭게 다가오는
어둠의 발톱을 피해 이리 저리 달아난다.
길 잃은 고깃배.

그 어둠을 지켜야할 정의의 기사가
긴 칼 옆에 차고
어둠의 불을 밝히고 장엄히
어둠의 바다를 향해 다가오고 있다.

아무도 없이 홀로 이어둠을 지켜야 한다.
모진 풍파에 흔들리는 어선도
엄마 찾아 울부짖는 갈매기도
갈 곳 잃어 헤매는 사나이도
실연 속에 통곡하는 여인의 눈물도 지켜야 한다.
이어둠의 밤을 홀로 지켜야 한다.

여름 바다

무수히 부서지며 부딪치는 하얀 파도.
수많은 작은 알갱이들이 거침없이
갯바위의 땀방울을 씻어내고

넓은 바다위에 하얀 물안개를 일구어
새벽을 여는 늙은 어부의 목덜미를 휘돌아
혼자 떠도는 구름 따라 사라지면

새벽길을 내달아 달려온 강태공들 길게 늘어진
낚시 줄 사이로 오늘도 고래를 잡으려 한다.

무거워진 그물을 힘겹게 끌어 올린 어부의
이마에 송글송글 맺힌 땀방울 동쪽에서 불어온

시원한 바람이 땀방울을 훔쳐 달아나면 갈매기는
바람을 쫓아 높이 날아오르네.

오늘도 이글거리는 긴 태양을 삼키려
파도는 연신 철석 인다.

물안개 (海霧)

거대한 바다가 사라져 버렸다.
하얀 물안개가 모든 것을 삼키고
조용히 아주 나직이 속삭인다.

바다도 오늘만큼은 긴 여행을 떠났다고
늘 같이 놀던 갈매기가 외로워 하염없이
하늘을 날고 친구가 그리워
끼룩 끼룩 울부짖는다.

삶의 터전을 읽어버린 조그만 고깃배가
갈 곳을 잃은 채 부둣가에서
하얀 깃발만 나부끼며
바다가 돌아오기만을 기다린다.

모든 것을 삼키고 말이 없던 물안개가
밀려오는 바람에 살며시 사라지면

하얗게 사라졌던 푸른 바다가 긴 하품을 하고
일어나면 또 다른 세상이 시작된다.
새롭게 열려진 바다위로 나의 가슴들이 달려간다.

4부 _ 그리운 어머님

모정

한 두레박에 샘물에 세상의 빛을 알고
살아있음을 안다.
또 한 두레박의 샘물에 아득히 느껴지는
따뜻함을 안다.

마음껏 먹을 수 있는 우물이 있다는 것을 안다.
철없이 사랑의 샘물을 마음껏 마신다.

세월의 흐름 속에
사랑의 우물은 조금씩 고갈되어간다.

마지막 한 모금 까지 아낌없이 주어 버린
팅 빈 우물 안엔 어둠만이 가득하다.

사랑의 샘물이 고갈되어 사라져 간 뒤
후회의 피눈물을 흘려 보지만
다시 사랑의 샘물은 솟아나지 않는다.

사랑의 샘물을 찾아 정처 없이 길을 떠나 보지만
뜨겁고 메마른 사막일 뿐
사랑의 오아시스는 보이지 않는다.

그 때 어디선가 가슴 가득히 전해오는
사랑의 샘물을 찾았다.
그것은 아낌없이 모든 것을 희생하며 퍼주시던 어머님
의 사랑이라는 것을.

그 모정의 사랑의 샘물을 가슴 가득히 안고
또 다른 샘물을 만들어 끊임없이 솟아나게 한다.

어머님

오늘도 당신이 보고파 그리워 그리워합니다.

당신이 그리워 빈 공간에 느껴지는 허망함을
안고 잠이 듭니다.

꿈속에 남아 당신을 볼까봐 눈을 감습니다.

당신이 들려주던 자장가를 불러 봅니다.

소록시 소록시 당신의 자장가가 들려옵니다.

어릴 적 내게 들려주던 옛이야기가 들려옵니다.

내게 살며시 건네주던 하얀 손길이 느껴지네요.

긴 ~ 새벽 지나 아침이 밝아 옵니다.

당신의 따뜻한 온기가 그리워 손을 내밀어
당신의 존재를 확인해 보지만

가만히 느껴지는 것은 싸늘하게 느껴지는 온기만이 그
자리에 있네요.

당신을 위하여 아침밥을 차립니다.

당신을 위하여 따뜻한 밥한 공기 올립니다.

당신의 수저 소리가 들리지 않습니다.

당신의 밥 넘기는 소리가 들리지 않습니다.

천천히 먹으라는 소리도 들리지 않습니다.

기다려도, 기다려도 당신의 목소리는
들리지 않습니다.

목메어 불러 봐도 찾아봐도 당신은 없습니다.

먼 하늘 바라보며 당신을 찾아도
어디에도 없습니다.

어디에 있나요? 어디에 계십니까?

불러 봐도 울어 봐도 없는 당신이기에

어린애가 되어 하염없이 목 놓아 울어 봅니다.

하염없는 눈물만이 서러워, 서러워 흘러내립니다.

이 눈물 닦지 않으렵니다.

당신을 만나 당신이 닦아 줄때까지……

마실 다니려간 어머님 언제 오려나

내님은 어제 저녁 하늘나라 마실 다니려 가셨다.
잠시 마실 갔다 오마하고 말 한마디 남긴 채.

그 먼 길을 꽃가마 타고 시집오실 때처럼
너울너울 하늘나라 가셨다.

저 싸리문을 열어 놓은 채,
정일랑, 사랑일랑 남겨둔 채,
애달 토록 아끼던 새끼들을 멀리한 채.

금방 오마! 하시면서 떠났는데 달이지고
새벽이 와도 오시지 않네.

해가 뜨면 오시려나. 기다려도 오지 않네.
먼동이 트는 새벽길에 내님 찾아 떠나보네.

아무리 찾아도 보이지 않고
불러 봐도 대답이 없네.
마실 가신 내님은 언제 오시려나.

하루가고 달이 가도 오시지 않네.
오시다가 길을 잃어버렸나.

마실 가신님 보고파 외쳐 보지만
맑은 창가엔 빗물만이 하염없이 흘러내리네.

노송

푸름의 날개를 달고 장대함을 가슴에 품고
묵묵히 서서 솟아오르는 일출의
아침 인사를 받는다.

세상을 굽어 내려다보며 청렴과 기개를 강조하며
비굴하지 말고 하나의 길을 가라 이른다.

모진 비바람과 거센 폭풍우가 닥쳐와도 풍파를
헤치며 나아가라 울부짖는다.

노송은 썩을지언정 굽히지 말라 이른다.
비굴한 세상을 만나 싸울지언정 타협하지 말라.

노송의 가르침과 장대함에 세상 모든 만물이
머리를 숙인다.

밥 익는 마을

붉은 석양이 뒷산 마루에 걸리면
하나둘 초가지붕 굴뚝에 밥 냄새가 난다.

어린꼬마 녀석들 새까맣게 그을린
얼굴로 소 몰고 밥 냄새를 찾아 집으로 찾아온다.

엄마소 음~매 하고 새끼 찾아 길 떠나면
어린 송아지 음~매 하고
엄마 찾아 발걸음 재촉한다.

붉게 익어가는 석양의 노을빛을 받아
초가지붕 굴뚝에 밥 내음 뜸을 들인다.

집 마당 한구석에 쑥 풀 모기연기 길게 퍼지면
멍석위에 앉아서 가마솥에 방금 쪄낸
감자랑 콩이랑
동생과 오순도순 허기를 채우면 밥 익는 마을의
저녁은 깊어간다.

배부름에 젖어오는 졸음은
어머님 무릎위에 찾아들고

별 하나 별 둘 작은 별 큰 별 독수리별 호랑이별
별 속을 헤매다 꿈나라고 찾아들면

낮에 산에 두고 온 송아지를 찾아
산속을 헤매다 엄마한테 혼나다
나도 몰래 오줌 싸게 가 된다.

영정

무엇이 그리 바빠서 그리도
급하게 가셨나이까.

목이 메여 울부짖는 자식들의 애타는
목소리가 들리지 않으셨나이까.

조그만 액자에서 무엇을
그리도 생각이 많으셔서
내려오시지를 않으십니까.

혼자 떠나시는 길이 얼마나
적적 하셨나이까.

아무리 둘러보고 찾아봐도
어머님의 그림자가 보이지 않습니다.

이승에서 못 다한 행복을
저승에서 만복을 누리소서.

이승에 남은 죄 많은 자식들은
오늘도 어머님의 영정을 보며

보고픔에 메어지는 가슴을
안고 살아갑니다.

편지

쓰다만 편지장이 바람결에 날리어
하늘로 날아올랐다.

주절주절 못 다 쓴 편지 속엔 하지 못한 말들이
주렁주렁 열려있고

아직 덜 익은 사과 주섬주섬 따서 편지 장에
싸서 하늘로 날려 보내니

눈물로써 지새우던 어머님이 비를 내려 보내
마중을 한다.

시

하얀 백지위에 스르륵 스르륵
까만 연필이 굴러간다.
그 선을 따라 고독과 외로움이 따라간다.

길게 내뱉어지는 한숨소리에
연필은 갈 길을 잃었다.
여기로 갈까 저기로 갈까 이리저리 헤매다
가던 길을 멈춘다.

하늘하늘 올라가는 담배연기에
고뇌에 찬 애달픔이 있다.
굳게 닫힌 창문을 열고 넓게 펼쳐진
하늘과 세상을 바라본다.

가슴속에 묻어둔 마음의 창을 열고
고이고이 간직한 마음들을 꺼내어
하얀 백지위에 펼쳐놓는다.

하얀 백지위에 그려진
찬란한 보석이 거기에 있다.

그곳엔 (병원)

그곳엔 삶이 있었다.
괴로워하는 아픈 고통이 있었다.

그곳엔 사랑이 있었다.
아픔과 고통을 함께 하는 사랑이 있었다.

그 곳엔 정이 있었다.
아픔과 슬픔을 나누는 마음이 있었다.

그곳엔 눈물이 있었다.
떠나보내는 이의 아파해야할 슬픈 마음이 있었다.

그곳엔 웃음이 있었다.
쾌유의 반가운 밝은 웃음이 있었다.

그곳엔 용서의 마음이 있었다.
지난날 묶여 두었던 앙금을 용서하며
화해의 마음이 있었다.

그곳엔 천사의 미소와 손길이 있었다.
아파 괴로워하는 이의 고통을 달래줄
하얀 미소와 따뜻한 간호천사의 손길이 있었다.
그곳엔 생과 사의 갈림길이 있었다.

먹 가는 이 없어 벼루는 잠을 자고
힘찬 기개 안고 한 순배기 춤을 춰야할
먹 자루가 한모금의 갈증을 안고 오늘도
임 오기만을 기다리는데

집 떠난 주인양반은 길을 잃어 버렸나.
돌아올 줄 모르고 하 세월 기다림에 지친
화선지가 굳게 닫힌 문틈사이로 불어오는
봄바람에 이끼 낀 먼지를 털어 내고
이리 저리 너울너울 혼자서 춤을 추네.

집 나간 주인님아! 언제 돌아와 곱디고운 손으로
새벽아침 정화수 길어다
힘찬 춘 삼월 풍류를 읊을 까나?

5부 _ 그리운 고향의 하늘

귀향

내 고통 끝나는 날 고향으로 돌아가련다.
구름이 멍드는 곳 다시 하얗게 빛나는 곳.

그곳은 내 어머님의 포근한 품인걸.
나는 그곳으로 돌아가리라.

박꽃 향 짖게 나는 내 고향 품으로 돌아가리라.
길이 너무 험하여 아직 가지 못하지만

내 고통 끝나는 날 나는 돌아가리라.
내 어린 품속 태어난 곳으로 가리라.
내 기쁨 슬픔 모두 다 던져 버리고

나는 가리라 내 편한 고향으로.
나는 가리라 내 어릴 적 품으로.

싸리문

바람이 아랫마을 들러 몸져누운
콧부리 영감 부음을 듣고
열린 싸리문으로 소식을 전하고

지나가던 나그네 목말라 훤하게 열린 싸리문열고
들어서 두레박으로 물 길어 목축이고 길 떠나네.

바둑이는 옆집 친구 데려와서 앞마당에 놀면서
낯선 나그네에게 누구냐고 묻지도 않네.

해님은 오늘도 제집인 냥
싸리문을 열고 들어와서
이리저리 기웃거리다 양지바른 처마 끝에 앉아

오늘도 넘어야할 저 높은 산을 바라보며
편안히 노닐다
길 떠나네.

내 고향의 봄

앞산에 분홍빛 산처녀가
꽃단장을 하며 내려온다.
뒷산 꼭대기 하얀 중절모가
봄바람에 날리어 멀리 달아난다.

겨우내 얼음 속에서 잠을 자던
강물이 기지개를 켜며
아직 동면중인 피라미를 깨우며
산들 산들 봄나들이 떠나고

아롱아롱 매달린 버들강아지
봄바람에 하늘거리며
달랑달랑 달랑거리며 어린 아가 유혹을 하네.

저 멀리 들판에 아지랑이 아롱아롱 피어나면
긴 겨울잠에 깨어난 천방의 풀들이
앞 다퉈 키 재기 하네.

노랑나비 한 마리 꽃 찾아 임 찾아
이리 저리 날아다니면
옆집에 순이 하얀 가슴에도
가슴 설레는 봄이 왔나보다.

바구니에 냉이 캐고 진달래 꽃 한 움큼 들고서
서울 간 임 오기만을 하염없이 기다리누나.

고향

내 어릴 적 뒷동산 산꼭대기에 내려앉아
같이 놀던 하얀 조각구름 어디로 갔나.

굽이굽이 산줄기 휘돌아 흐르던
거울처럼 맑디맑은 내 고향 강물은
어디로 흘러 숨어 버렸나.

먼 하늘 떠도는 흰 구름 바라보며
청운의 꿈을 키웠던 내 고향 하늘은 어디에 있나.

서산마루 붉게 노을 지어
빨갛게 물들던 내 고향집.
초가집 지붕위로 조롱박이 영글어 가던
나의 고향.

친구야 가자구나 내 고향 산천으로
어깨동무 하고 맑은 물 강가에 멱 감으러
가자구나.

청산에 묻혀

저 높은 청산이 나를 오라하네.
저 푸른 솔이 날 부르네.

빈 지게 짊어지고 기어기어 청산에 오르니
시원한 산바람이 나를 반기네.

바람 따라 떠도는 흰 구름 위에 걸터앉아
발아래 내려다보이는 세상을 구경하니

오호라! 청산에 오르니 온 세상이 내 것일세
하늘도 친구요 구름도 친구요 바람도 친구.

그렇기에 청산은 그곳에서 서 있구나.
청산은 말을 하네.
길지도 않은 세상 뒤나 한번 돌아보고 가라하네

빈 지게에다 바람과 구름과 하늘을 담고
내려오니 광명의 세상이로세!

5일장

장날이다 조용하고 잔잔한 파도만이
일렁이는 장터에
오늘은 시끌벅적하다.
물 좋은 생선들이 파란 눈을 껌벅이며 잡혀온
것이 억울함을 호소하며 파닥인다.
"아따 고놈 싱싱하네."
"아줌마 얼 만교"하며 흥정을 하고
"아저씨 마 싸게 줄 테니 사가소~"
"두 마리 5천원"
"너무 비싸다 두 마리 4천원 하입시더."
"아이고, 아저씨 두 마리 4천원 하면 나는 뭘
묵고 살라 말입니까"
"좋다! 4천오백 원에 사가소"
손님과 상인의 흥정이 끝나고
꼬리를 퍼덕이며 생선은
까만 비닐봉지 안에서 잠잠 해진다.
생선의 운명이 다한 게다 첫 개 시에 돈을 받은 장사치
아줌마
천 원짜리 지폐에다 춤을 퇵 뱉어서 이마에다
척 붙인다.
오늘의 장사 고사다.

한쪽 귀 퉁에서 달래 냉이 봄나물을 손수 산에서 캐어
다 자리 잡고 앉은 할머니 이것을 팔아서 자장면도 사
먹고 손 주 놈 용돈도 줘야지.
하얗게 쉰 머리 깊게 패인 얼굴의 주름들 긴 인생의 역
정이 묻어난다.
내 어머니 우리네 할머니들이
저렇게 살고 가셨다.

쉼 없이 돌아가는 뻥튀기 기계에서
김이 모락모락 나면
모였던 사람들 멀찍이 도망가고
뻥! 하는 소리와 함께 터져 나오는 강냉이
한마디로 대박이다.
3배로 부풀려 나오는 하얀 튀밥.
오백 원짜리 동전을 넣어 뻥튀기 하면은
우리네 인생도 대박 일 텐데.

여러 가지 값이 싼 옷가지를 갖다 놓고 '떨이요! 떨이!'
목청껏 외치는 떨이 옷 장사 구성진 가락에 시골 할머니
아주머니 하나 둘 모여들고 이리 뒤적 저리 뒤적 꼬기
꼬기 접어서 넣어든 쌈지 돈 꺼내서 꽃무늬 바지 하나를
사서들고 입가에는 엷은 미소를 머금은 체 이리저리 장
구경나서고 오랜만에 만난 이웃동네 친척만나
"아이고, 우째 살았노."

밥이나 제대로 묵고 사나 손 마주 잡고 안부를 전하고
인사를 나눈다.
이고 지고 장에 팔려고 이른 새벽차를 타고 끼니도 잊
은 채 가지고온 물건을 다 팔고 그때서야 허기진 배를
채우려 골목길 안쪽에서 인심 좋은 할머니가 말아주는
2천 원짜리 국밥을 맛있게 먹고 허리춤 쌈지 주머니에
서 돈을 꺼내어 한번 세고, 두 번 세고 돈을 바라보며
행복한 미소를 짓는다.

조그만 리어카에 엿을 싣고 중고 카세트 안에서 흥겹게
흘러나오는 흥겨운 가락에 장단 맞춰
열심히 춤을 추는 품바 아저씨 얼굴에 검정, 빨강 색을
칠하고 굽이굽이 넘어가는 인생의 굴레
춤을 춘다.

옹기종기 모여서 고달픈 삶을 한시름 잊고서
웃고 있는 장돌뱅이
5일장 안에는 우리네 삶이 있고
우리네 자화상이 있다.
우리가 겪고 가야할 인생이 있다.

오월

하늘도 푸르고 산도 푸르고
구름도 푸르니 내 마음도 청춘일세.

매 마른 논두렁에 단비가 내려
논물 가득 고이고

겨우내 녹슨 쟁기 닦아 논갈이 하는 농부.
이랴 외침 소리에 뭉그적거리는 암소.

지지 배배 지지 배배 종달새 사랑 찾아
노래하면 저 산꼭대기에서
메아리만 들려오고

어디선가 불어대는 풀 피리소리가
봄나물 캐러 나온 봄 처녀 가슴을 울리누나.

내 고향 유월은

이산에서 뻐꾸기 울고 저산에서 소쩍새 울면
온 산에 메아리치는 새들의 사랑노래.

산비탈 계곡 도랑에 샘물이 흐르면
이른 새벽 쟁기 짊어지고 논갈이 가는 아버지.

이 논을 갈아 풍년의 염원을 담고
이랴, 이랴 외치는
목소리에 삶의 질곡이 묻어나고

이른 봄에 콩 심어 콩밭 매는 어머니.
더덕더덕 기워진 삼베적삼사이로 송글송글
배어나는 땀방울이 피가 되어

알알이 맺혀지는 삶의 씨앗들.

그 콩을 팔아 자식 공부시키려고 굽어진
허리에 삶의 애달픔이 묻어나네.

봄이 오는 소리

아지랑이와 버들강아지의 만남을 시샘하던
꽃샘추위가 찬바람을 몰고 와 훼방을 놓는다.

하지만 졸졸 흐르는 시냇물 소리에 놀라
저 멀리 달아나 버린다.

종달새의 노래 소리에
냉이와 진달래 선잠을 깨고
또다시 잠을 자려 하지만
따뜻한 햇볕이 일어나라고 소리 지른다.

저 멀리 앞산에 진달래가 예쁘게 꽃단장을 하며
아름다운 향기로 나비와 벌을 유혹하네.

저 호랑나비 한 쌍 꽃향기에 취하여
사랑의 노래 시작하네.
저 개울가에 개구리 동장군을 피해 숨었다가
헤어진 친구 찾아 개굴개굴 목청껏 불러 보네.

긴긴 겨울밤을 지새웠던 농부와
엄마 소, 아기 송아지 데리고
봄의 노래 소리를 들으며 저산너머
화전 밭 일구려 발길을 재촉하네.

아기송아지 봄 햇빛에 나른함을 이끌고
종종 걸음으로 나비 등에 업고
엄마 따라 봄나들이 떠나네.

6부 _ 자연과 꽃과 사랑

가을

어디서부턴지 아스라이 밀려온다.
만나고 싶지도 않고 반갑지도 않은
고독과 외로움.

스치는 바람에 야위어져 가는 빈 가슴이여.
갈대숲에 묻혀 보지만 가려지지 않는다.

흔들리지 않으려 손을 내밀어 보지만
행복의 동아줄은 내려오지 않는다.

흘러버린 이계절속에 아련히 밀려오는
옛 추억의 영상들.
화면 가득히 떠오르는 내젊은 날의 여인이여.

유난히 가을을 좋아하고
떨어지는 낙엽을 좋아했던 가을님이여.

지금은 어디선가 이 계절을 훔치며 행복하겠지.
아! 나도 이제 빨갛게 물들어가는 마음을
만나고 싶다.

눈꽃 사랑

저 검불은 하늘에 검은 구름을 뚫고
하얀 목화 잎들이 하늘하늘 내려온다.

온 세상은 온통 하얀 솜이불을 깔아 놓았다.
금방이라도 하얀 솜이불 속에서
달콤한 잠을 자고 싶다.

저 멀리서 까만 생머리 살랑살랑 거리며
사뿐히 걸어오는 검은 교복의 소녀.

눈꽃 송이를 머리에 이고 새까만 구두위로
하얀 눈은 자꾸 자꾸 덮으려 하네.

아무도 걷지 않은 오솔길을 홀로서
까만 발자국을 남기며
하얀 손을 호호거리며 걸어간다.

어느 누가 남기고 갔나. 사랑이라는 글자를
하얀 눈 위에 선명하게 남기고 간 한마디.

사랑해.

어느 소년의 풋풋하고 애달픈 첫사랑의 고백.
소녀는 한참이나 두리번거리며 찾다가

얼굴을 빨갛게 물들이며 총총 걸음으로
하얀 눈 위에 까만 사랑의 발자국을 남기며
사라진다.

야생화

바람이 머무는 곳.
바위들이 쉬어 가는 곳.

양지바른 모퉁이에
곱게 핀 노란 야생화.

모질게도 괴롭히는
억센 풀잎들을 이겨내고

곱게도 피었구나. 노란 야생화여
아무도 보지 않는 들판에 누굴 위해

그리도 곱게 피었느냐.

하늘 향해 곱게 펴든 너의 작은 자태
아름답다 향기롭구나. 노란 야생화야.

은은히 내뱉어진 내향 기에 취한 벌한 마리
갈 곳 잃어 내 곁에서 머무는구나.

가을 하늘

하늘이 푸르른 가을 하늘 아래선
모든 것이 무너진다.

그렇게 뜨겁게 달구던 여름의 폭군이
너그럽고도 시원한 가을의 마술 앞에
무릎을 꿇고

언제나 영원한 것처럼 푸름이 전부였던
저 나뭇잎들도 하나 둘씩 자기만의
색깔을 찾아 든다.

그렇게 기세 등등 몰아치던 파도소리도
바다와 함께 긴 여행을 떠났는지
잔잔한 너울을 보내며
바다 보다 더 푸른 가을 하늘을 쳐다본다.

저 너른 들판에 벼 이삭이 고개를 숙이고
농부들의 새까만 얼굴엔
익어가는 들녘을 바라보며
보람의 미소가 얼굴에 드리워진다.

그렇게 사랑 찾아 울어대던 매미들도
사랑의 보금자리로 젖어들고
빨갛게 익어버린 고추잠자리

내년을 기약하며 사라져 버렸다.

가을 하늘은 마술이다.
마술처럼 내 마음에도 사랑이 찾아오려나?

허수아비

세월의 흐름을 가슴으로 안고
참새들의 지저귐을 양팔에 감싸 안으며

바람이 가져다준 소식에 없는 귀 기울이고
눈 없이 홀로 조용히

붉게 물들어가는 저녁노을을
무심히 바라본다.

낙엽

그대 떨어지는 낙엽을 아시나요.
빛바랜 향기 속에 쌓여가는 그리움.

한잎 두잎 떨어짐에 변해가는
빛깔의 여운들은 사라져가는
조그만 추억의 망각들.

횅 하는 가을바람이 불어오면
저 깊은 바다 속에서 아릿한 낙엽들이

찐한 향기를 남기며
하나 둘씩 떨어져 멀어져간다.

옛사랑과 그리움이 한 잎, 두 잎
낙엽 되어 쌓여지면
한줌 잿빛의 하얀 연기가 되어
그 찐한 가을 향기를 남기고 사라진다.

가을 노래

살랑이며 갯내음을 머금은 가을바람.
잔잔히 부서지는 파도.

끝없이 펼쳐진 수평선을 향해
부지런히 내달리는 여객선.

파란하늘을 가득 안은 짙푸른 바다.
가을바람에 흔들리는 파도를 타는 갈매기.

지금 막 가을 옷을 갈아입은 나지막한 산
윗옷은 붉은색 아래옷은 푸른색.

두 손 꼭 잡은 남녀 행복한 미소가 피어나고
행복한 포즈를 취하며 연신 찍어대는 연인들.

텃밭에 곱게 핀 도라지꽃
속이 꽉 찬 김장배추

오늘도 은은한 미소를 얼굴가득 드리운 채
속세의 중생들을 내려다보는 부처님.

가을의 풍경을 즐기는 중년의 얼굴엔
가을의 넉넉함이 피어나고

오후 늦게 갈 길이 바빠 서두르는
가을햇살은 가을 풍경에 취해
가야 할 곳을 잊고 머뭇거린다.

갈대

은빛색깔 말 갈퀴를 휘날리며
저 너른 들판에 가을을 휘몰아 왔다.

추억과 사랑과 그리움들을 갈색 들판에
뿌려 놓으며 일렁거린다.

홀로된 나그네의 슬픈 고독을 달래려고
가을바람은 이리 저리 갈대숲을 헤맨다.

옷깃을 세운 나그네의 바바리코트 위로
긴 머리 머플러만이 바람에 날리며

가을바람에 실려 온 낙엽들이
외로운 사나이의 빈 가슴을
이리저리 휘돌아 사라진다.

국화꽃

진하게 뿜어내는 너의 향기는
슬픔이냐, 기쁨이냐.
너의 향기에 취해 우는
설움의 장송곡은 무엇이더냐.

아름답게 피어 새벽이슬에 몸단장하고
임 마중하는 곳이 생에서 마지막이더냐.

그리하라 슬퍼도 너 만은 눈물 흘리지 마라.
떠나는 망자의 영혼이 더 슬퍼질라.

천길 만길 가는 길에 고운 꽃향기 흘리며
떠나는 임과 같이 동행 하려무나.

너의 생이 허무하다고 생각일랑 말아라.
아름답게 핀 너의 모습이 운명이니라.

겨울 나무

동장군의 칼날 앞에 한 겹 두 겹 화려한 옷은
벗겨지고 실오라기 하나 걸치지 않은 채로
매서운 칼바람에 온몸을 유린당하고만 있다.

따사로운 햇살이 동정의 눈길로
온몸을 감싸 안아 주지만
검은 먹구름의 방해로 더욱더 한기가 든다.

고통의 울부짖음에 달려온 참새 한 마리
잠시나마 친구 되어주고 떠나면
쓸쓸함은 더 밀려온다.

무섭게 접근하는 찬 바람에
외마디 비명을 지르면
하늘에서 하얀 눈이 내려와 눈 꽃 옷을 입혀주면
잠시나마 포근함에 고통을 잊는다.

온갖 괴롭힘과 유린 속에서도 꽃 봉우리를
터트리기 위한 생명은 잉태되고

남쪽에서 불어오는 훈풍에
새싹은 굳게 닫힌 껍질을 깨고
살포시 세상의 첫경험을 한다.

첫눈

아! 사랑이 온다. 설레는 하얀 마음들이
하늘하늘 팔랑이며 쌓여온다.

첫사랑의 기다림처럼 첫 만남의 두려움처럼
가슴 두근거리다 이내 사라진다.

첫 키스의 짜릿함처럼 살포시 입맞춤에
모든 전율이 다가와 온몸을 녹여든다.

백옥 같이 흰 누이의 가슴속에 첫눈이 온다.
첫사랑이 온다.

온대지에 뿌려지는 하얀 꽃가루 하얀 마음들
세상은 첫눈의 첫사랑의 세상이 된다.

들꽃

떠도는 흰 구름을 쫓아
헤매 도는 바람을 따라
이리저리 헤매다 양지바른
바위틈에 뿌리내리고 곱게 핀 들꽃.

몰아치는 비바람과 폭풍우를
견디며 외로움과 쓸쓸함을
꽃향기에 바치어온 들꽃.

오늘도 사랑하는 해님이 그리워
새벽이슬을 머금은 채
밝아오는 먼 수평선을 바라만보네.

봄비 (독도의 눈물)

뜨겁고 서러움의 눈물이
온 대지를 향해 적셔 옵니다.
수많은 세월을 홀로서 지켜온 독도의 눈물입니다.

혼자 외로이 거센 바다와 모진 풍랑을 이겨내며
꿋꿋이 대한의 국토임을 자랑스럽게 버텨왔건만

악마의 손길이 점점 다가옵니다.
독도는 두려움에 떨고 있습니다.

36년간의 못 다한 침략의 잔재가 아직도 남아
푸르고 아름다운 독도의 등 뒤에
칼을 들이대고 있다.

우리 모두 다같이 처절히 악마를
응징해야 합니다.
힘 있는 자의 만행을 막아내야 합니다.

일제치하 목숨 바쳐 순국한 선열들을
기억해야 합니다.

봄의 절규(독도)

아! 푸르른 이 강산에 봄의 절규가 시작되누나.
36년간의 서리 낀 이 땅의 아픔 속에서
작은 새 싹이 피어나

꽃피는 봄이 왔건만 아직도 못 다한 만행이 남아
봄의 새싹을 자르려고
시퍼런 칼날을 갈고 있구나.

꽃피는 조국의 봄을 위하여 사라져간
옛 선열들의 통탄의
목소리가 저 하늘에서 들리며 눈물을 흘리는구나.

치욕의 시절에서 해방의 그날을 위해
목숨 다해 펜을 들었던
문인들의 글귀가 가슴깊이 새겨지며
그날의 울분들이 멀리서 들려온다.

선열들이여 그날의 아픔들은 잊은 채
고이 잠드소서.
이제! 여기 이 땅 조국은 우리가 지키겠습니다.

봄소식

무엇을 두려워하느냐.
무엇을 갖고 왔느냐.
희망에 찬 산과 하늘과 땅이
너를 기다리고 있지 않느냐!

달려라! 마음껏 힘차게 대달려라!
온 세상을 향하여
내려라 봄비여 동사한 만물에게 생수를 뿌려라.

피어라 새싹이여 억눌렸던 껍질을 벗어 던지고
저 멀리 달려오는 아지랑이를 맞으라.

전하라 봄바람이여 한얀 백옥 가슴 여미여
임 소식 기다리는 처녀 가슴에 불을 지펴라.

목련

아! 하얀 백옥이 피었구나.
밤새 어둠의 긴 침묵을 깨고
밤이슬이 내려다준 영롱한 생명수를 머금은 채

살포시 한 겹 두 겹 부끄러운 속살을
찬란하게 빛나는 아침 햇살을 바라보며 피었구나.
이 꽃잎은 사랑을 담고 저 꽃잎은 희망을 담고.

그 아름다움을 시샘하는 칼바람이
몰아쳐 스쳐지나가도
찐한 꽃향기 품고서 하얗게 핀 하얀 목련.

봄은 너를 노래하며 향기 가득한
희망찬 봄의 향연을 시작하누나.

꽃

어제의 수줍음이 오늘은 허리 꺾여진
노부가 되어 질척거리는 거리를 헤메인다.

된 서리 맞으며 하나의 만화를 위해
그 여린 가지로 칼바람을 이겨내고

훈풍에 기지개 켜고 수줍음으로 피어나
창공에 고운 향기 날리고
메마른 나뭇가지에 오색빛깔 옷을 입히어
청춘을 불살랐다.

꽃피는 4월엔

꽃피는 4월엔 숭숭히 피어나는
아름다운 꽃송이에다
마음을 걸고 혼자서 홀홀히 길 떠나보자.

바람결에 전해오는 꽃향기에
님 의 향기 묻어나면
그리움으로 가득 찬 가슴안고 달려가자.

살랑, 살랑 내리는 봄비를 맞으며
기찻길을 걸어가자.
임 계신 남쪽 하늘로

꽃향기에 젖은 바다 내음 한 모금 들이키고
한없이 달려보자 저 수평선 넘어…….

7부 _ 사랑과 고독과 그리움

한잔의 그리움

아픔의 기억 속에 소리 없는
그리움의 비가 내린다.
한 잔의 술 잔속에 쓰러져가는 아픈 기억들.

누군가 내 곁에 있어 슬픔이 다하는 것은 아닐지
그대 그리움 속에 비가내리네.

빗속으로 머물렀던 그리움이 또다시 찾아오면
그대 그 그리움 속에서 만나리.

아쉬웠던 아팠던 어느 하나의 사랑의 그림자
조그만 불빛 속에 빛나는 아픈 추억들이

귓가에 머무는데 이제 어디로 찾아가야하나.
빗속에 떠오른 사랑이여!

영원히 머물지 않는 사랑이라면

차라리 멈추소서.
이 밤에 내리는 비여
그리움에 젖어드는 사랑이여!

달빛 사랑

오지 않는 사랑 기다려 세월의
강에 돛단배 띄우니

유유히 흐르는 강물에 색 바랜
낙엽이 멍든 가슴을 울리고

스쳐 지나가는 바람만이 귓가에 맴돌며
멀리서 지져 귀는 새들의 사랑 노래가
오늘따라 왜 그리도 구슬픈지.

임 없이 혼자 지새는 밤에
달빛만이 그 마음을 알아주나.

가려진 구름을 헤치고 나와
검어진 방안을 환하게 비추네.

민들레 홀씨

어느 맑은 하늘에 민들레 홀씨 하나
사뿐히 날아올라
메마른 나의 가슴에 내려앉아
사랑의 꽃씨를 심어 놓았다.

아! 척박한 나의 가슴에도 사랑의 샘물이 조금씩
솟아나 민들레 홀씨에 정을 주고
새싹을 키우기 시작한다.

서서히 자꾸만 커져 가는
사랑의 씨앗을 어찌하리.
하루하루 물들어가는 나의 마음.

그 임을 향한 그리움.
사랑을 해서는 안 될 사랑이기에
그 마음을 접으려 하지만
이미 뿌리내려 버린 사랑이기에

그 씨앗을 버릴 수 없기에 오늘도 사랑을 주고
사랑의 햇살이 빛나기만을 기다린다.

매미의 사랑

긴 어둠의 침묵 속에서
오로지 한 여름 짧은 사랑을 위해
7년을 기다려왔다.

어둠의 터널을 뚫고 밝은 세상에 태어나
뜨거운 햇살을 바라보며 높디높은 나무에
사랑의 보금자리를 틀고

긴 세월 속에 간직한 사랑노래를 부른다.
애달도록 부르짖는 사랑의 노래.

임이 오기만을 기다리며 해가지고 달이 떠도
사랑이 오기만을 식음을 전폐하고
울부짖는 사랑의 세레나데.

어디서 올까나 언제 올까나
오늘도 하염없이 울기만 하네.

하늘사랑

세상의 슬픔을 버리려 한다.
하얀 구름 속에 가려진 먹구름

기쁨과 슬픔 오지 않는
무지개 빛 사랑.

절망과 좌절 속에
빛나는 화려한 유혹.

한순간의 쾌락을 위하여
버려지는 순결들.

얻지 못한 행복을 찾으려
오늘밤도 하루살이 불나방이 되어

검은 불빛아래 내던 져진
젊은 청춘이여~!

저 푸른 하늘을 바라보고
웃음 짓는 그날을 위해

오늘도 울지 않은 하루가 되라.

참사랑

27년 인고의 세월 그 세월을 지켜온 여인.
모진 한파와 굶주린 삶의 굴레 속에서
꿋꿋이 지켜온 약속.

하늘이 무너지는 고통을 안고
물 한 모금 없는 생존의 사막을 홀로 걸으며
지고지순한 사랑 하나만으로 여기 까지 달려왔다.

칠흑 같은 어둠 속에서 가냘프게 느껴지는
조그만 손 하나만을 의지한 채
하나의 희망의 빛을 찾아 걸어온 삶.

하나의 짧은 편지 하나에
그 한 많은 설움 사랑의 눈물이
하염없이 솟아나 끝없이 흘러내리고

마주잡은 두 손에 느껴지는 따뜻한 사랑의 기운
영원히 그 사랑의 손을 놓지 않기를 빕니다.

아파트

네모 상자 안에 갇혀 먼지 일어 말아 올리는
썩은 공기를 마시며 발아래의 세상을 바라본다.

갈 길이 바쁜 차들 경적만을 울리고
얼굴 붉히는 시선들 .

다닥다닥 붙은 닭장들 사이로
빼 꿈이 내미는 노란 병아리들
흙 내음이 없다.

한줌으로 뿌려져 뿌리 내려야할
흙 한줌조차가 보이지 않는다.
맨 발로 걸어야할 진한 흙 내음이 없다.

과학이 가져다준 네모상자 속에서 숨을 쉬고,
놀이를 하고 그렇게 검은 하늘만 바라보며
거름으로 돌아가야 할 똥은
물속에 갇혀 찐한 가스만 생산 한다.

땅속에 숨은 지렁이를 찾아
땅을 헤집어야할 병아리들이
아스팔트 위를 헤매고 있다.
컴퓨터라는 기계를 목 사슬에 채운 채…….

도시의 그림자

휘황찬란한 불빛 아래로 황금의
탈을 쓴 거대한 동굴이
오늘도 커다란 입을 벌리고
밤의 불나방들을 삼키려 한다.

쾌락으로 물든 불나방들이
화려한 날개를 퍼덕이며
황금빛으로 색칠한 거대한
도시로 날아든다.

검은 유혹 병들어가는 세상
절규하는 젊은 청춘.
화려한 네온 사이로 도시의 그림자만이
오늘도 그늘을 드리운 채
썩은 오물들을 뱉어내고 있다.

비

어둠사이로 빗줄기가 소록시 잠든 창문을 깨운다.
어슴푸레 비치는 검은 그림자.

하염없이 쏟아지는 빗줄기에 흐릿해진 눈동자.
무얼 보고 있나 무얼 생각하나.

사리사욕의 인생의 언저리에서 사라온 삶.
더러운 오물들이 더덕더덕 묻혀서 살아 온길.

그길로 돌아가려한다.
억수같이 쏟아지는 저 빗속으로
옷 하나 걸치지 않은 알몸으로 천천히
걸어 가야한다.

더덕더덕 붙은 오물과
끝도 없이 솟아나는 욕망들을
깨끗이 씻으려 저 빗속으로 가야한다.

마음을 씻고 버려야할 것도
저 빗속으로 던져 버리고
홀로 쓸쓸히 가야한다.
순백색의 순결이 보이는 날까지.

갈림길

태양 같은 열정으로 살아온 길.
뒤돌아본 뒤안길에 아련한 추억들.

무엇을 위해서 살고
무슨 의미로 달려 왔나.

소스라쳐 달려가는 바람만이 그 뜻을 알까?
흔들리는 나무 사이로 들리는 듯 한
삶의 비명소리.

오늘도 저물어 가는 노을빛을 바라보며
생의 두 갈래 길을 더듬고 있다.

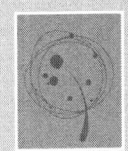

8부 _ 날개 잃은 새

거꾸로 가는 새

역풍이 불어온다. 가던 길이 혼란스럽다.
생에서 이만큼 걸어왔건만 길이 험하다.

가야할 산꼭대기가 저만치 있건만 날지를 못한다.
어미 새의 따뜻한 품속이 그립다.

태어나서 놀던 냇가로 가려한다.
지나온 길 뒤편으로 큰 강이 놓여있다.

나룻배는 없고 사공이 잠을 잔다.
가야한다 그곳으로.

맑은 냇물에 물고기 노니는 곳으로.

새

몰아치는 빗줄기에 보금자리는 젖어들고
보채는 새끼를 뒤로 한 채
까만 창공을 날아오른다.

가야할 길이 보이지 않는다.
어디로 가야하나.
한 알의 밥알을 얻기 위해 어둠을 헤친다.

황량하게 메마른 콩 밭을 지나
이리저리 헤매어 보지만
보이는 건 어둠뿐 친구가 없다.

지치고 힘든 길을 찾아 길을 떠난다.
달빛이 구름에 가려 보이지 않는구나.

새 2

흐르는 시간을 뒤로 한 채
깊은 우물에 갇혀 깊이를 알 수 없는
나락의 늪에서 혼자 울고 있다.

꺾여진 날갯죽지를 감싸 안고
먼 하늘에 떠도는 조각구름을 바라보며

날아오르려 힘찬 날갯짓을 해보지만
갇힌 새장은 열리지 않는다.

우물에 비친 하늘이 가슴으로 다가오지만
하얀 날개 짓이 두려워
깊어져만 가는 어둠 속으로 숨어버린다.
살며시 검은 구름 속에서 내비치는
달빛이 반긴다.

이제 날아오르련다.
저 하늘별을 쫓아 날아가련다.
저 하늘 끝까지.

새 3

썩어가는 세상 시인도 죽고
늙은 노인도 죽어간다.
강물의 뿌리가 오염되어 온 강물이 썩어간다.

억수같이 내리는 빗줄기도
그 강물을 재생시키지는 못한다.
노래하는 새들도 노래 소리가 들 린지 오래다.
골이 깊은 산속으로 숨어 버렸다.

하얀 솜처럼 하얗게 빛나던 구름마저도
검은 구름이 되어 멍든 하늘을 떠돈다.

어디로 가야하나 어디에서 노래를 불러야 하나.
멍든 세상이여!

파랑새

소싯적 우리는 파랑새를 꿈꾸었다.
저 광활한 세상을 날아다니는

그 꿈을 세워 하늘을 날려 했었다.
파랑새를 찾으려 세상을 헤매고
이랑을 일구고 씨앗을 뿌렸었다.

그러나 파랑새는 보이지 않는다.
아무리 찾아 헤매어도 파랑새는 없다.
이젠 찾지 않으련다.

그 파랑새는 내마음속에 영원히 남아
이 세상 끝나는 날까지
찾아 헤매야 할 것 같다.

새 4

가슴이 저려온다.
저 푸른 하늘이 그립다.
산바람이 시려온다.
뻥 뚫린 가슴위로 절망이 밀려오고
세차게 내리는 빗줄기를 맞으며
하염없는 눈물이 흐른다.

힘찬 날개 짓이 두렵다.
점점 작아져가는 가냘픈 몸짓들이
우물 속으로 사라져 간다.

어둠의 뒤쪽에서 별을 헤 인다.
저 검은 밤하늘에 날아 보려는
욕망이 엄습 해 온다.

날아야 한다 하얀 날개 짓으로
힘차게 솟아야 한다.
저 달이 머무는 창공으로.

하늘과 땅 사이를 갈라놓은 수평선.
우리의 꿈은 어디에 있을까?
저 하늘인가?
깊은 바다 속인가?
아님 드넓은 초원인가?
갈매기의 꿈은 무엇일까?
우리의 이상은 어디에 있나?
꿈을 향해 돛대를 달고 노를 저어
수평선을 향해 끝없이 질주. 하지만
보이지 않는다.
나의 꿈이.

순결

우리의 젊은 영혼이 사라져간다.
우리의 맑은 공기가 사라져간다.
우리의 넓은 강물이 사라져간다.

우리의 젊은 순결들이 돈의 노예가 되어간다.
어디 있나 어디로 갔나.
내 젊은 날의 푸르른 영혼이여!
어디로 갔나. 우리들의 젊은 순백색의 순결이여!

날고 싶은 새

무던히도 긴 하루다.
찌푸린 구름 속에 떠도는 영혼이여.
사정없이 내리는 빗속에 영혼은 잠이 들었다.

쏟아지는 빗속에 내 영혼의 날개를 잃었다.
감추어진 욕망과 이상의 모든 꿈들이 사라져간다.

소스라쳐 놀라는 꿈과 현실.
어디로 저울질해야 하나.
태고의 옛 모습이 그리워진다.

내 꿈을 꾸었던 유년의 사랑과 푸른 하늘이
먹구름이 되어 떠돈다.

내 뇌리 속에 펼쳐진 좌표들이 엉클어져
흙탕물이 되어 흐릿한 호수 위를
유유히 떠다니고

하염없는 방황 속에 안주하는 슬픈 나그네여!
깊고 푸른 영혼의 안식처는 어디인지.

누가 나에게 광명의 불을 밝혀주오.

9부 _ 일상에서 (수필)

리어카 전복사고

어릴 적 내 고향에서 철없이 뛰어 놀며 꿈을 키우던 시절 애기들을 추억삼아 쓸려고 합니다.

내 고향은 경북 안동 산골마을이었다. 겨우 세 집이 오순도순 모여서 허울 없이 대문도 없이 그렇게 지냈었다. 세 집 모두 잘살지도 못하고 겨우 천수답 부쳐서 연명하며 학교 다니기도 좀 버거웠다. 그래도 서로를 의지하며 부족해도 나눠가며 살았다.

우리 마을 앞에는 낙동강 상류가 흐르고 하루에 3번 버스가 마을 앞 비탈길을 덜커덩거리며 사람들을 태우고 다녔다.

맑은 강가에는 물고기들이 참 많아서 여름이나 겨울 언제나 물고기 잡아 반찬도 하고 매운탕도 끓여 먹었다. 거기에다 소주 한잔 하면

"캬~아 끝내주죠!"

마르지 않는 샘이라고 해야 하나? 우리들은 학교에서 돌아오면 특별이 가지고 놀 장난감이 없었기 때문에 아직 농사가 시작 되지 않은 논이나 밭에서 놀곤 했었다. 우리 집 동생 둘, 옆집 동생 둘 나는 그들의 대장 이었다. 옆집에는 여자중학교에 다니는 예쁜 동생이 있었는데 나는 그녀를 무척 좋아 했다.

나는 그녀를 옥이라고 불렀다.

그녀도 나를 싫어하지는 않았기 때문에 우리는 서로를 좋아하며 사춘기를 나고 있었다.

초봄 즈음으로 기억이 된다. 그 즈음 아버지가 5일장에 가서서 리어카를 한대 사오셨다.

　사온지 얼마 되지 않아서 아버지는 멋지게 리어카 문을 만들고 고이 모셔놓았다.

　그날 저녁때 우리는 논에서 게임을 하면서 놀다 지쳐서 집으로 향하고 있었다.

　"오빠 우리 리어카 좀 태워주라."

　여동생은 내게 보채기 시작했지만 나는 아버지께 혼날까 겁이 났다.

　"안된다. 가시나야 아버지한테 들키면 죽는다."

　"형아 태워주라."

　"오빠야 태워주라."

　내 대답에도 동생들은 아우성이었다. 나는 안 된다고 하고 도망가기 시작 했다. 그런데 옥이의 남동생이 꾀를 내어 자기 누나를 데리고 와서 꼬시기 시작 했다. 옥이는 배시시 눈웃음치며

　"오빠야! 나도 타고 싶다. 좀 태워 도고."

　하는 말에 나는 어쩔 수가 없었다. 사랑하는 그녀의 부탁인데 안태워 줄 수도 없고, 태워주자니 아버지께 혼날까 겁나고. 아뿔싸! 이 난국을 우쩌할꼬! 고민에 고민을 거듭한 결과, 우리는 아버지를 속이기로 약속을 하고 소죽을 끓으시는 아버지께 갔다.

　"아부지요. 저~기 돌빼밭에 나무 좀 신고 올게요."

　아버지 의심스러운 눈초리로 나를 쳐다보셨다.

　"거 무신나무가 있는데?"

　"아까 엄마가 신고 오라카든데요."

　"진짜가!"

"예."

"알았다."

"딴 데 가지 말고."

"나무만 실고 온 나 알았나?"

"예"

하고 우리는 리어카를 끌고 쾌재를 부르며 도로변에 나왔다.

신작로로 나온 나는 애들을 태우기 시작했다. 한 놈, 두 놈, 세 놈, 네 사람(여자친구). 모두 네 명. 그리고 우리 집 똥개 한 마리 옆집 똥개 한 마리를 호위 견으로 붙였다.

나는 붉게 익어가는 저녁노을 한 몸으로 받으며 서서히 사랑의 힘을 불어넣고 달리기 시작 했다 요때 운전석이 반대로, 그러니까 앞에서 끌지 않고 리어카를 반대로 해서 밀기 시작 했다.

"야들아 꽉 잡아라. 기차보다 빨리 달리면 떨어진다. 단디 해라 알았나."

"응 알았다 꽉 잡고 있을 테니까 빨리 달리기나 해라. 오빠야."

"알았다 자 출발 한다 기어 1단 넣고 오라이~!"

조금씩 속도를 내니까 애들은 좋아서 난리다.

"오빠야! 최~고다!"

"형아! 최~고다!"

난리법석이다. 그 많은 칭찬에 나는 없던 힘이 더 솟아 오르기 시작했다. 특히나 내가 좋아하는 여자친구를 태우고 달리니 나는 백마를 탄 왕자가 된 기분 이었다. 그래서 더 달리기 시작했다. 한참을 달리니 30도 정도의 내리막길이 나왔다.

내리막길에 접어들자 리어카는 속도가 엄청 붙어 내 생각으로는 그때 아마 시속 50 킬로는 된 것 같았다.

나도 달리기를 잘하는 편인데 정말로 따라 잡을 수 없을 정도로 내달리기 시작했다.

그때 까만 고무신 타는 냄새가 났을 거다. 순간 스치는 뇌리 속으로 너무 빨리 달린다는 생각이 떠올랐다.

그러나 내 생각하고는 달리 리어카 위에 손님들은 속도감에 취해서 좋아서 난리들이다.

"야~호! 오빠야 달리라~ 달려!"

"우리 오빠야 최고다~!"

괴성을 지르며 난린데 나는 속도를 줄여야 한다는 것을 생각하고 속도를 줄이려고 하는 순간! 갑자기 무엇인가에 리어카 바퀴가 부딪치면서 리어카가 궤도를 이탈하고 내 손에서 리어카 손잡이가 떨어짐과 동시에 허공으로 날아 올랐다.

'아차! 사고다.'

순간적 생각이 머리를 스치며 리어카는 한쪽 바퀴가 들리면서 공중으로 부양하더니만 그냥 180도 뒤집어 지면서 리어카 두 바퀴가 하늘로 향하고 너무나 빠른 속도로 허공에서 공회전을 하면서 바르~르 떨고 있었다. 그때 저만치 내달리던 두 마리 똥개 호위 견들이 마구 짖어대고 리어카 위에 타고 있던 애들은 뒤집어진 리어카 속에서 울고불고 난리 들이었다. 순간적으로 일어난 사건이라 나는 어쩔 줄을 모르고 리어카를 뒤집어서 애들을 꺼내야 한다는 생각만으로 리어카를 들어 올리려 했으나 내 힘으로는 역부족 이었다.

그런 순간엔 울어야 맞는 것인데, 리어카 바퀴는 하늘로 향해 있고 그 속에서 울부짖는 영혼들을 보니까 웃음이 나오기 시작했다.

"아이고! 우째 이런 일이!"

똥개들이 열나게 짖어대고 애들이 울고불고 하니까 옆 집에서, 우리 집에서도 그 광경을 목격 하고 아저씨와 우리 아버지가 달려오기 시작했다.

"아이고! 저놈이 아이들 다 죽이네."

"이놈아 아이들 안 꺼내고 뭐하노."

아버지가 소죽을 끓이시다, 부지깽이를 들고 두 눈을 부라리며 논을 지나 쏜살같이 달려오시는걸 보고 나는 겁이 나서'걸음아 날 살려라.'하고 냅다 뛰기 시작했다. 뛰면서 애들이 괜찮기를 빌고 또 빌며 산으로 도망을 쳐 안도의 한숨을 내쉬면서 사건 현장을 숨어서 보고 있었다.

아저씨와 아버지가 하늘로 향한 리어카 바퀴를 땅위로 내려 바로 하니 어둠 속에 갇혔다가 세상의 하늘을 보는 애들은 더 울기 시작했다.

"우~앙!"

아이들은 목 놓아 울기 시작했다 더불어 똥개들도 마냥 짖기 시작했다.

'멍~멍 우리 집 형아가 그랬어요.'

하면서 연신 짖어대고 있었다. 얄미운 놈 고자질을 하다니

"두고 보자 똥개 놈 내가 밥을 주나봐라"

상황을 보니 내 남동생은 쌍코피가 터져서 줄줄 흐르고, 여동생은 팔을 다치고, 옆집 남동생은 다리를 조금 다쳤다. 내 사랑 옥이는 땅에 머리를 처박아 온통머리가 엉클어졌고 하필이면 거기가 물이 고여 있던 곳이라 얼굴이

고 옷이고 엉망진창 이었다. 여기서 또 나는 안타까워하며 울어야 했었는데 그 상황을 멀리서 지켜보니 웃음이 나와 참을 수가 없었다.

(여기서 한번 웃고 갑시다. 글을 쓰면서도 옛날을 생각하니 아니 웃을 수가 없네요.)

"하~하~하! 아이고 이제 좀 시원하네!"
그래서 옆집 아줌마도 저녁 밥 지으시다 달려오고, 우리 어머니도 달려 오셔서 죄지은 나를 찾기 시작했다. 똥개들은 내가 숨은 산을 쳐다보면서 짖고 있었다. 아이고! 나는 이제 죽었다. 매 맞을 걱정이 태산같이 밀려오기 시작했다. 그러면서도 내려다보니 부모님들이 애들을 강가에 데리고 가서 맑은 강물에 씻겨서 집으로 향하고 있었다. 그로부터 이제 날이 어둑어둑 해지고 옆집이나 우리 집은 저녁밥을 먹고 있었다.
나는 산에서 내려오지도 못하고 추위는 밀려오고 배도 고파오는 고통이 시작됐다. 죄 값에 대한 응징 이었다. 우리 집 똥개도 저녁밥을 '후루룩 쩝쩝!' 하며 맛나게 먹고 있었다. 그걸 보니 더욱더 배가 고프고 한기가 밀려와 나는 조심조심 산을 내려와 우리 집 뒤안에 굴뚝 옆에 앉자 서 굴뚝을 끓어 안고 추위를 달랬다.
"아이고 사랑이 뭔지 좋은 일 하다가 와이래 됐노. 서럽다. 서러워."
한탄만 나왔다.
"내일 옥이는 우째 볼꼬. 내 하고 말도 안하는 것 아이가."

배고픔보다도 사랑이 걱정되기 시작했다. 그러다가 어느 순간 잠이 들었는데, 꿈속에서 똥개 두 마리가 나를 향해 으르렁거리며 달려오기 시작했다. 나는 막 달려 또 산으로 도망치다 나무에 부딪쳤는데 쌍코피가 나서 울려고 하는 순간 누군가 나를 흔들어 깨우기 시작했다. 순간 겁이 나서 도망을 치려고 보니까 어머니가 살그미 다가와서 나를 깨운 것이었다.

"아이고 이놈아 방에 들어오지. 왜 이 카고 있노. 들어가서 밥 묵고 자자."

어머니와 함께 방에 들어가니 아버지는 사랑방에서 벌써 주무시고 동생들도 벌써 고단했던지 코를 골면서 자고 있었다.

어머니가 차려주시는 밥을 먹고 숙제를 하고 나도 잠들었다.

'오늘 하루가 내 최악이구나. 다시는 리어카 운전은 안 할 끼다.'

그 다음날 옥이를 등교 길에 만났는데 나에게 눈길조차 안주고 혼자서 가버렸다. 그러나 그것이 며칠 못가고 우리는 다시 화해를 하고 알콩달콩 사랑이 익어갔다. 지금은 이 세상에 없는

"내 사랑 옥아 보고 싶다!"

지금 우리 고향은 수몰이 되어서 검푸른 물결만이 그곳에 노닐고 모든 추억들을 삼킨 채 아무 말이 없다.

가고 싶다! 나의고향 어릴 적 내노닐던 곳으로.

고향 잃어버린 설움을 어디서 하소연해야 할지…….

추억을 되살리며 그리운 고향을 생각하며 이렇게 띄웁니다. 고향을 많이 사랑 하세요. 요번 설에 고향 다니러 가시는 분들. 좋은 추억 많이 만들고 오세요.

이경호

65년 경북 안동에서 출생.
시집 첫 출간이며
2005년부터 순이닷컴 사이버 작가로 활동.
현재 조용한 바닷가에서 회사원으로 근무.
지구온난화로 인한 온실 가스의 심각성을 다룬 소설
"허리케인" 집필 중에 있음.
2007년 근로자의 날 국무총리 표창상 수상

청춘의 씨앗

• 초판 인쇄   2008년 1월 12일
• 초판 발행   2008년 1월 12일

• 지 은 이   이경호
• 펴 낸 이   채종준
• 펴 낸 곳   한국학술정보㈜
             경기도 파주시 교하읍 문발리 513-5
             파주출판문화정보산업단지
             전화 031) 908-3181(대표) · 팩스 031) 908-3160
             홈페이지 http://www.kstudy.com
             e-mail(출판사업부) publish@kstudy.com
• 등   록   제일산-115호(2000. 6. 19)
• 가   격   9,000원

ISBN   978-89-534-7845-9 93810 (Paper Book)
       978-89-534-7846-6 98810 (e-Book)